LA VOIX

Laurence Smits

Nouvelle

La petite fille de six ans que j'étais en 2003 se souvenait très bien de son entrée au Cours Préparatoire. Je me sentais une grande, enfin, après trois longues années en maternelle. J'allais pouvoir apprendre à lire et écrire. J'allais pouvoir lire des livres toute seule. J'avais hâte. Je me sentais fière de franchir cette étape-là.

Mais, ce n'est pas de ma rentrée à la grande école dont je me souviens le plus. Loin de là. Je me souviens surtout des événements qui s'en sont suivis. Je me souviens surtout du tunnel dans lequel je fus engouffrée. Un tunnel dans lequel rôdait un prédateur. Vous voyez, le genre de personnage que le Petit Chaperon Rouge rencontre chez sa grand-mère. Le grand méchant loup qui les dévore tous les deux.

Mon méchant loup à moi ne m'a pas dévorée toute crue, il m'a ensorcelée, il m'a dépouillée, il m'a anéantie. En somme, il a volé mon innocence, mon enfance en achetant mon silence.

J'avais six ans.

J'avais toujours adoré passer beaucoup de temps dans ma chambre. J'avais demandé à mes parents de la décorer avec des tons orange. J'ai toujours aimé les couleurs vives, depuis toute petite. Le soir, avant de me coucher dans mon lit pour feuilleter des livres que j'empruntais à la bibliothèque du quartier avec maman, je prenais la brosse soyeuse offerte par ma marraine à mon baptême et je me brossais les cheveux, assise à ma minuscule petite coiffeuse que j'avais reçue en cadeau de la part du Père Noël au Noël précédent.

— Tu veux te brosser les cheveux, c'est ça, ma chérie ? ai-je entendu le soir de ma rentrée au CP.
Je ne me suis pas méfiée. Pourquoi l'aurais-je fait ? La voix m'était familière. Je l'entendais tous les jours. La voix se faisait douce, doucereuse, mielleuse, enjôleuse, caressante même, sans doute pour ne pas être entendue dans la maison. Il n'y avait personne d'autre que ma petite sœur, qui dormait dans sa chambre, et moi … et la voix.

La voix ferma la porte de ma chambre à clé.

— Pourquoi tu fermes ma porte, papa ? demanda cette petite fille en toute innocence.

— Pour passer un moment avec toi, ma chérie.

— Je peux me brosser les cheveux toute seule, tu sais. Je le fais toujours toute seule. Je suis une grande fille maintenant.

— Je sais, mais moi, j'aimerais bien t'aider, répliqua la voix en déposant un gros bisou sur le front de sa fille de six ans.

Je tournai la tête vers la porte, imaginant comment préparer ma fuite de la chambre. Pour aller où ? Je sentais confusément que quelque chose clochait. Mais, aucun son ne pouvait plus sortir de ma bouche. J'aurais dû crier. Mais qui m'aurait entendue ? Maman travaillait et rentrait tard. Elle faisait les deux huit dans son usine de poisson et ma petite sœur,

Amélie, dormait déjà. La voix s'occupait de nous la semaine quand Maman rentrait tard.

J'étais pétrifiée.

Quand les doigts rugueux de la voix se sont approchés de la brosse que je tenais en suspension, je sursautai d'un bond léger sur le tabouret de ma coiffeuse et la brosse changea de main. Elle passa dans les grosses mains de la voix.

— Que tu es belle, ma chérie !
dit la voix.

Je pensai que j'allais encore subir les compliments que j'entendais sans cesse de la part de la grosse voix. Elle me le répétait tous les jours. Il n'y avait que ça qui comptait.

La brosse, en nacre et en argent, m'avait donc été offerte par ma marraine pour mon baptême. C'était un bijou aux yeux de la

petite fille que j'étais. Pour la voix, c'était juste un
objet pour me brosser les cheveux.

Je pensais à Maman, qui ne serait certainement pas contente de savoir mon père se tenait dans ma chambre, tout seul avec moi à cette heure tardive. Peut-être lâcherait-il la brosse après tout, en quittant ma chambre pour aller dormir ?

Un souffle délicat fit bouger une mèche de cheveux. Il était dans mon dos, me brossant délicatement les cheveux et les caressant de ses mains noueuses en même temps. Je trouvais le temps long et je voulais me dégager, mais mon corps refusait de bouger. Il était comme paralysé. Pourquoi je ne pouvais plus bouger ? Pourtant, j'étais bien vivante encore avant que la porte se referme.

Le réveil sur ma table de nuit indiquait vingt heures trente. Maman ne rentrerait que dans quatre-vingt-dix minutes. C'était long à attendre. Tournant la tête vers la fenêtre, le lampadaire éclairait la rue. Je n'aimais pas fermer les volets de ma chambre, car j'avais peur du noir.

Et pourtant, je me trouvais dans un long tunnel, tout noir.

J'hésitais. Dans ma tête. Je voulais partir, crier, ouvrir la fenêtre et sauter. Mais les doigts de la voix descendaient le long de ma colonne vertébrale. Alors, je commençai à rêver. Je rêvais que je me trouvais près d'un lac aux eaux turquoise, en pleine montagne. Le ciel était bleu sans un nuage.

— Que tu es belle ma chérie, répéta la voix et il m'embrassa dans le cou.

Je rêvais que je me baignais dans l'eau fraîche de ce lac majestueux. J'étais bien. Il faisait si bon.

— Tu es belle, tu es belle à croquer, entendis-je.

— Je ne suis pas une pomme, parvins-je à articuler avec une grande difficulté.

— Tu es plus belle qu'une pomme à croquer. Tu es ma petite pomme à moi. Je vais te croquer, ma chérie. Il fait chaud ce soir. Tu dois avoir trop chaud avec ta chemise de nuit. Enlève-là, tu seras mieux. Fais plaisir à ton papa.

J'obéis, transie de peur.

J'étais nue comme quand je prenais mon bain et que Maman se trouvait dans la salle de bains avec moi.

— Là, c'est mieux, tu vois. Que ta peau est douce, ma chérie, dit la voix sur un ton suave.

Et les doigts noueux de la voix caressèrent mon corps menu. Personne ne m'avait jamais caressée comme ça. Je ne comprenais pas ce qu'il se passait. Moi, j'avais un père qui me caressait. Alors, je me suis dit que ça devait être normal pour toutes les petites filles de mon âge qui entraient au Cours Préparatoire. On devenait des grandes.

Les doigts continuaient de me caresser, comme quand je caressais ma petite chienne. La voix sentait l'alcool. Très fort. Trop fort. Ça empestait. Les lèvres de la voix se posaient partout sur mon corps.

Et moi, j'étais toujours assise sur le tabouret de ma coiffeuse.

Nue.

Je n'avais pas remarqué qu'il était en peignoir. Et le peignoir tomba à terre. Je vis mon père nu. Pour la première fois. Je ne le regardais pas de face, je lui tournais toujours le dos, mais dans le miroir de la coiffeuse, je vis qu'il avait un bâton tout raide à la place de son zizi.

— Tout va bien se passer, ma chérie. Tu vas aimer ça, crois-moi. Maman adore ça aussi, dit la voix visqueuse.

Je trouvais bizarre qu'il ne portait pas de maillot de bain, comme quand nous allions tous à la piscine ou à la mer. Normalement, pour venir dans ma chambre, il aurait dû rester tout habillé, me susurra une petite voix dans ma tête. Mais, comme papa m'aimait fort comme Maman, alors c'était normal. Il savait ce qu'il faisait. C'était un papa, comme tous les autres.

Et moi, pendant ce temps-là, je plongeais dans l'eau cristalline du lac. Nue. Je me trouvais seule, mais je n'avais pas peur. C'était tellement bon de nager dans les eaux pures de cette magnifique étendue d'eau.

— Je voudrais partir, osai-je demander.

— Non, non, non, ma chérie. Je n'ai pas fini. Ça vient juste de commencer. Hum, que c'est bon. Que tu es belle, je t'aime ma chérie !

Et moi, je me baignais dans le lac. Un doigt s'insinua à l'intérieur de ma zézette.

— Aïe, tu me fais mal, papa.

— Mais non, ma chérie. C'est bon. Tu vas aimer.

Et le doigt bougea. De plus en plus vite.

Et moi, je me baignais de plus en plus loin dans le lac.

Et le doigt était toujours là. Les autres doigts appuyaient sur ma zézette et me caressaient.

— Tu vas aimer ça, ma chérie. Comme ta maman, dit la voix d'un ton enjôleur.

Et les bras costauds me levèrent et me déposèrent sur mon lit de petite fille.

— Ce sera plus pratique.

Je regardais le plafond de ma chambre. Il était orange pâle. J'aurais aimé y voir des étoiles et même des étoiles filantes. La langue de la voix me lécha la zézette. Il y prenait beaucoup de plaisir. Pas moi. La voix râlait. De ses mains, il jouait avec le gros bâton tout raide qui se trouvait à la place du zizi. Ça bougeait beaucoup. Il allait en avant, en arrière et la langue me léchait toujours.

Et moi, je voyais le lac se dessiner sur le plafond de ma chambre. Que j'étais bien. Papa semblait content d'être avec moi, dans ma chambre. Je devais être la plus belle petite fille de Bordeaux pour qu'il passe du temps avec moi. Soudain j'entendis un râle.

— Tu es tout simplement bonne, ma chérie.

Et il s'étendit à mes côtés, faisant semblant de dormir.

Au cours des six années que j'avais déjà passées dans ma famille, je savais que je préférais la présence de Maman. Elle était calme, elle m'aidait toujours. Lui, il criait beaucoup. Surtout après Maman et je n'aimais pas ça. Je me bouchais les oreilles quand il criait. Il disait beaucoup de vilains mots à

Maman. Les mots que moi, je n'avais pas le droit de dire, sous peine de punition.

Le bâton tout raide qui se trouvait à la place du zizi était tout raplapla maintenant. Les doigts ne me touchaient plus et la langue était rentrée dans sa bouche. Je restais étendue sur mon lit, raide, n'osant pas bouger. J'attendais. J'économisais mon souffle. Je me faisais toute petite. J'avais peur que le bâton me touche et que la langue sorte encore de la bouche.

Quelques minutes plus tard, il parla tout doucement. Il était vraiment gentil ce soir-là. Plus que d'habitude.

— Surtout, tu ne dis rien à Maman ni à ta sœur. C'est un secret entre toi et moi. Si tu dis un mot, je dirai que tu es une menteuse. Tu ne dis surtout rien à Majo, c'est une vraie sorcière celle-là.

— Je ne suis pas une menteuse. Majo n'est pas une sorcière.

— Alors, tu ne dis rien. Papa t'aime ma petite chérie. Plus que Maman.

— Moi aussi, je t'aime papa.

Et les gros bras costauds me soulevèrent et me déposèrent contre mon père, contre sa poitrine. Je sentis le bâton qui se trouvait à la place du zizi. Il était tout mou.

— Tu as six ans, tu es une grande fille maintenant. Papa reviendra de temps en temps dans ta chambre. Quand Maman ne sera pas là. Hein, tu comprends. Papa t'achètera un cadeau ou des bonbons, ce que tu veux.

Et il remit son peignoir et quitta la chambre à pas de loup, sans un regard ni un bisou. Il ne voulait pas réveiller Amélie, ma petite sœur.

Maintenant, j'étais libre, toute seule dans ma chambre. Je pouvais lire à ma guise. Le cauchemar de ce soir était terminé. J'étais sortie du tunnel. Pour ce soir. J'étais aussi sortie du lac. J'avais passé un moment merveilleux dans cette étendue d'eau. C'était magique. Cela me ferait des beaux souvenirs pour les jours à venir. Dans ce lac, je me sentais libre, heureuse.

J'étais une petite fille de six ans. J'aimais beaucoup ma Maman et j'étais heureuse. Mais mon entrée au Cours Préparatoire marqua la fin de mon enfance insouciante. Ma vie continua, comme avant. Maman ne savait pas qu'il venait dans ma chambre le soir, quand elle travaillait. On ne révèle pas les secrets. J'étais entrée dans un nouveau monde. Le monde des adultes et je ne l'aimais pas.

J'habitais un quartier de Bordeaux où j'avais mes habitudes, où j'allais à l'école. J'avais mes copines, j'avais ma sœur, avec laquelle je me chamaillais beaucoup. J'avais mes poupées, j'avais mes jouets et j'avais ma petite chienne. Elle me suivait partout et j'aimais lui raconter ma vie. Sauf les moments où il venait dans ma chambre. J'aurais préféré qu'il ne m'aime pas, qu'il m'ignore. Mais, il ne pouvait pas m'ignorer puisqu'il était mon père.

Il parlait toujours trop fort, en tapant du poing sur la table. Amélie et moi, on échangeait toujours des regards horrifiés à l'idée que notre père tape sur Maman, ce qu'il faisait de temps à autre, surtout quand il avait trop bu. Majo n'aimait pas son gendre. Pas du tout.

Moi, du haut de mes six ans, j'aurais voulu que mon père quitte la maison. J'aurais voulu rester toute seule avec Maman et Amélie et avec Majo, ma grand-mère. Moi, je voulais rester dans ma petite maison entourée d'un jardin fleuri. C'était mon petit paradis à moi. Quand il n'était pas là, tout était calme. Maman était posée et douce. Ma maison, c'était mon havre de paix. Mes parents l'avaient achetée quand j'étais encore en maternelle et quand Amélie avait juste commencé à marcher. L'été, il faisait parfois chaud dans cette maison. J'adorais y vivre.

Quand il était parti de ma chambre, je me suis mise à pleurer le premier soir. J'avais honte. Je me sentais sale. Maman allait rentrer bientôt et je ne pouvais pas aller me laver à cette heure-là. Elle n'aurait pas compris. Pourquoi était-il venu me voir dans ma chambre ? Il n'était jamais venu avant. Mon père avait tous les droits. C'est ce que je pensais du haut de mes six ans. Je lui devais du respect. Moi, je ne comprenais pas pourquoi ses doigts, sa langue et le bâton tout raide qui se trouvait à la place de son zizi me tripotaient. A qui aurais-je pu demander s'il avait le droit de faire ça à sa fille aînée de six ans ?

Il avait réussi à me faire peur, à me réduire au silence. Je savais comment me comporter avec lui : me taire. Tout simplement. Je ne voulais pas que Maman souffre plus que ce qu'elle souffrait déjà, par sa faute à lui. J'avais vécu presque toute ma vie en voyant mes parents se déchirer. Ma mère était une simple ouvrière dans une usine de poisson, dans une banlieue de Bordeaux. Mon père, il exerçait quel métier déjà ? Je ne m'en souvenais pas. Comment gagnait-il sa vie ? Maman le traitait souvent de fainéant. Elle voulait qu'il se bouge un peu plus pour gagner plus d'argent. Lui, il aimait jouer aux jeux d'argent, parader avec ses copains de bar. S'il n'y avait plus d'argent pour nourrir ses filles à la fin du mois, c'était le cadet de ses soucis. Mon père était un pilier de bar.

Maman avait toujours refusé que ses copains pénètrent dans la maison. Elle refusait que ses filles assistent à ce genre de spectacle. Dégradant, à ses yeux. Elle tentait de nous éduquer du mieux qu'elle pouvait, secondée par ma grand-mère Majo, qui l'aidait beaucoup, à tous points de vue.

Lui, il ne nous voyait que comme des poupées qui portent de belles petites robes en dentelle, qui disaient ce qu'il nous demandait de dire, qui faisaient ce que bon lui semblait. Maman nous menait sur un chemin droit. Avec lui, c'était un chemin chaotique.

Quand il venait dans ma chambre, j'aurais voulu disparaître, me cacher sous mon plancher. J'aurais voulu mourir. Je faisais mine de m'étrangler quand il foulait le seuil de ma chambre pour afficher mon désaccord. Il n'en avait cure. Seul sa personne comptait à ses yeux. Lui, arborait cette étincelle amusée au fond des yeux quand il entrait dans ma chambre. Et bien sûr, moi, sa petite fille de six ans, j'étais sa petite poulette. Sa petite chérie. J'étais jolie pour mon âge, je l'avais assez entendu. Mon père pensait que mes attraits lui étaient réservés. Pour son usage unique.

Quand il s'approchait de moi, j'osais lever des yeux scandalisés. Il n'en avait cure.

— Je t'achèterai une nouvelle poupée, ma chérie.

Et moi, je n'en voulais pas de ses poupées. De toute façon, je n'y jouais plus. Je me réfugiais dans les livres.

Assurément.
Aveuglément.
Désespérément.

Maman, quand elle avait fini ses tâches ménagères, me trouvait souvent perdue dans mes livres ou dans mes pensées. Elle s'approchait alors de moi, sans un mot, s'asseyait à côté de moi et me caressait tendrement mon dos devenu raide. Cela m'apaisait et me rassurait. Elle embrassait mes cheveux soyeux.

Si je me laissais faire sans rien dire, ce n'était pas aussi terrible que ça. Ça passait plus vite. Je n'avais que six ans. Je ne voulais plus qu'il me touche. Comment le formuler sans qu'il me punisse ou me frappe ? J'aurais voulu lui tirer les cheveux, le griffer ou le faire mordre par ma petite chienne, qu'il ignorait. Il n'aimait pas les animaux.

Il était pâle, maigrichon et paresseux. Mais il avait un gros bâton tout raide qui se trouvait à la place de son zizi. Il avait sûrement du bon en lui, mais je ne le voyais pas. Il fallait juste que je me taise pour le satisfaire. Une chose était sûre : je le détestais. Surtout quand il fermait la porte de ma chambre à clé.

FIN

<u>Du même auteure</u>

<u>Guides pour mieux écrire</u>

- **Mon calendrier d'écriture - 365 jours pour vivre la magie de l'écriture au quotidien**
- **Mon atelier d'écriture - mes consignes, mes conseils et mes textes : 2021/ 2020/ 2019**
- **299 conseils pour mieux écrire – libérez votre créativité et devenez l'auteur que vous avez toujours voulu être**
- **111 jeux d'écriture**

<u>Guides pour mieux se connaître</u>

- **Mieux se connaître en 10 étapes**
- **Mieux se connaître grâce à 10 tests de personnalité**
- **Mieux se connaître grâce à G.Perec et R.Barthes**
- **Mieux se connaître grâce à 10 images**

<u>Guide pour améliorer son quotidien</u>

- **Créer 10 rituels pour être bien dans sa vie**

<u>Romans</u>

- **Amanda, en quête d'amour**

- Le prince d'Adria – tome
  1 : coup de foudre à Times
  Square

<u>Roman en préparation</u>

- Le prince d'Adria -tome
  2 : la vie après le déluge

Pour suivre Laurence Smits, rendez-vous sur son blog « LA PLUME DE LAURENCE »

<u>www.laurencesmits.com</u>

Elle publie un article par semaine sur son blog et anime chaque semaine un atelier d'écriture en distanciel.